POÉSIES

D'UNE FEMME.

POÉSIES
D'UNE FEMME.

PARIS,

CHARLES GOSSELIN, LIBRAIRE
DE SON ALTESSE ROYALE MONSEIGNEUR LE DUC DE BORDEAUX,
RUE SAINT-GERMAIN-DES-PRÉS, N°. 9.

BORDEAUX,

CHARLES LAWALLE NEVEU, LIBRAIRE, ALLÉES DE TOURNY, N°. 20

1830.

L'EDITEUR croit n'avoir rien de mieux à faire que de publier ici la lettre suivante, qui lui était adressée avec le manuscrit de ce Recueil ; c'est une préface toute trouvée.

A Monsieur Gosselin,

Libraire à Paris.

Nous ne nous plaindrons plus de la disette des poëtes en France, mon cher Monsieur ; il en apparaît de nouveaux à chaque instant : si cela continuait pendant quelques années, nous n'aurions plus rien à envier à l'Angleterre, et nous pourrions aussi offrir des Galaxies, des écoles poétiques de toute sorte. J'entends des poëtes dans le vrai sens du mot ; car, Dieu merci, les versificateurs, qui ne nous ont jamais fait faute, commencent à n'être plus décorés de ce nom.

Les femmes sont pour une belle part dans cette nouvelle gloire littéraire, et cela ne doit pas étonner : elles nous sont en général si supérieures en sensibilité, qu'elles doivent parler presque naturellement cette langue, que nous sommes obligés d'apprendre.

Cependant, comme il arrive toujours, la surabondance a les mêmes effets que la stérilité. Le public consommateur de livres ne va jamais aussi vite que les producteurs, si je puis sans profanation parler ici comme les économistes ; il se lasse des vers. La poésie produit trop, dirons-nous avec plus de raison que de l'agriculture : aussi les libraires deviennent-ils plus difficiles... vous en particulier ; vous refusez, dit-on, chaque jour de nouveaux manuscrits. Tant mieux ! parce qu'en définitive le public y gagnera. Mais je suis sûr que vous ferez exception pour le Recueil que je vous envoie.

Vous voulez savoir d'où il vient, c'est tout naturel ;

les lecteurs auront la même curiosité : ce sera bientôt dit. Je passe plusieurs mois de l'année en Anjou ; j'ai là de charmantes cousines : assurément je ne croyais pas trouver dans l'une d'elles un poëte aussi distingué que l'auteur de ces vers. Je ne la connaissais que pour une fort jolie femme, remplie de grâces et d'esprit, produisant en dehors ses émotions avec une vivacité toute dramatique et toute pittoresque ; agissant, parlant avec cet abandon, ce naturel exquis qu'on cherche dans le grand monde, qu'ailleurs il faut avoir deviné. Pour elle, je ne dirai pas qu'elle ait cherché ou deviné rien de tout cela ; elle obéit à sa nature, elle cède à ses impressions, enfin elle est heureusement douée ; voilà tout. Avec une très-jolie taille et une tournure toute gracieuse, on n'a pas besoin d'apprendre à danser.

Ma belle cousine était donc un jour assise à son piano, promenant sans dessein ses doigts sur le clavier et murmurant à mi-voix quelques phrases de chant ; moi, j'étais là occupé à lire furtivement parmi sa musique des airs de sa composition qu'elle ne voulait pas me montrer. Un cahier attaché avec des rubans roses me tombe sous la main ; vite je m'en empare : elle voulut aussitôt me l'arracher... mais j'étais déjà dehors avec mon larcin dans ma poche, non sans promesse de le lui rendre promptement, sinon il eût fallu se brouiller. En pareil cas, on a recours à un copiste.

Je suis sérieusement fâchée contre vous, me dit-elle en me revoyant. *Mais je vous laisse un moyen de vous rapatrier avec moi; c'est de me dire franchement à quel point cela est mauvais.* — Si je n'ai d'autre moyen de vous appaiser, il faut donc que je me résigne à votre colère. — *De grâce, point de galanterie; je hais les fadeurs. Parlez, vous ne pouvez faire excuser votre indiscrétion que par votre sévérité.*

Au risque de passer pour un pédant, je l'ai prise au mot. J'ai signalé dans les vers quelques négligences; j'ai risqué deux mots sur le peu de soin qu'on prenait autrefois à rimer, et sur l'exigeance à laquelle notre nouvelle école poétique devait accoutumer les gens de goût d'aujourd'hui. Bref, ou je l'ai désolée ou elle m'a pris pour un sot. Ce qui est certain, c'est qu'elle ne se doutait pas plus des secrets de l'art que de son propre talent, elle qui est si éloignée de la manière prosaïque de nos anciens faiseurs de vers. *Pourquoi me tourmenter à rimer richement? me disait-elle. Qui m'en saurait gré?* — Ceux qui regardent la

rime comme une entrave de plus pour décourager la
médiocrité. — Soit ; mais moi j'écris le vers tel qu'il
me vient, et j'exprime ce que je sens, non avec la
rime, mais avec le mot. Je vous mettrai partout, si
vous voulez, des rimes riches ; mais le sens ne sera
plus le même : ce ne sera plus ni vrai ni spontané.
Faut-il sacrifier le vrai à une sonnerie sans doute
agréable, mais à la fin un peu monotone ?

Je n'ai pas eu le courage de le lui conseiller, et je
m'en applaudis. Elle a une manière à elle ; il faut la
lui laisser : sa poésie est toute simple et toute naïve ;
les sentimens les plus profonds ou les plus délicats s'y
trouvent sous la forme la plus naturelle, et partant, la
plus heureuse. Elle jette les vers rencontrés comme on
laisse tomber un bon mot dans la causerie, sans l'ac-
centuer, sans le montrer au doigt. Ses diverses pièces
me font l'effet d'une suite de petits tableaux de genre,
d'un coloris pur et suave, où tout est finement touché,
où les accessoires sont peints fidèlement, où la lumière
se joue et s'harmonie délicieusement, et dont l'ensemble
laisse à l'ame une douce impression. Je ne sais si nos
amis les poëtes et les hypercritiques de la pléiade ro-
mantique en penseront ainsi ; je l'espère du moins. Il
est vrai que je me défierais de la séduction du débit

d'une jeune femme, récitant d'une voix pénétrante des vers, qui ont jailli de son cœur : mais j'ai lu et j'ai été enchanté.

Croyez au moins que c'est sans l'aveu de l'auteur que je vous adresse cette copie. Il est probable que cette nouvelle indiscrétion, un peu plus grave que la première, m'expose aussi à un plus grand courroux ; mais il se passera comme le premier. Le succès sera mon excuse, et les lecteurs me feront absoudre.

Je suis, etc.

* * * * *

TABLE.

La jeune Malade.

Eh ! quoi ! faudra-t-il donc mourir ?

Faudra-t-il donc quitter ma mère ?

A peine ai-je seize ans de la saison dernière ;

Oh ! sauvez-moi ! tâchez de me guérir !

1

Vous le pourrez, je crois; je suis si jeune encore !
A cet âge l'on doit avoir un avenir.....
Pourquoi donc ce besoin d'aimer et de sentir ?
Je vivrai.... N'est-ce pas ? Ce feu qui me dévore ,
    Par vos soins va bientôt finir ?

Ma mère , tu pâlis...... te serais-je ravie ?
Non, viens me consoler; donne-moi de l'espoir.
    Va, je conserverai la vie ,
    Et pour t'aimer et pour te voir.

Quand je peux promener sous le mobile ombrage
Du chêne, où tu t'assieds avec ma jeune sœur ,

Je suis les ondes du feuillage......
Chaque feuille qui tombe est un triste présage
    Qui vient navrer mon cœur !

Ce rosier blanc que tous les soirs j'arrose ,
    Et que j'attendais à fleurir.....
    Tu l'as vu , sa plus belle rose
    Ce matin vient de se flétrir ,
    Avant même que d'être éclose.

Rarement les boutons se fanent au printemps !
Tu souris à ces mots..... Et tu veux que j'espère :
Tu viens furtivement d'essuyer ta paupière ;

Que je te plains , ma pauvre mère !
Ah ! que tu pleureras , si je meurs à seize ans !

Souvent au point du jour ma douleur est extrême ;
Par ce soleil brillant tout me paraît fleurir :
    Moi seule je semble souffrir
Et je regrette alors de quitter ceux que j'aime.....
    J'ai bien peur de mourir !

Mais, quand le jour finit, seule à ma rêverie ,
    Je suis plus calme et je jouis du soir ;
Dans ce beau ciel si pur , je vois une patrie ,
Et l'image de Dieu calme mon désespoir.

Serre-moi sur ton sein , je me sens ranimée ;
Je voudrais être ainsi dans tes bras tout le jour ;
    J'ai besoin d'être aimée......
    On doit me marquer plus d'amour.

    Regardez , mon teint se colore ,
    Je vous souris , je me sens mieux ;
    Un doux sommeil ferme mes yeux ,
    Je vous verrai demain encore !.....

La Novice.

II.

« Viens t'asseoir avec moi, dans ce sauvage lieu ;

» Je veux encor revoir cette immense nature ;

» Je veux lui dire encor un solennel adieu,

    » Puis demain, sans murmure,

» Je me consacrerai pour toujours à mon Dieu !

» Ma sœur, regarde; oh! qu'elle est belle!

» Aperçois-tu là-bas la maison paternelle?

» Je n'y soignerai plus la mère que j'aimais.....

» Eh! quoi! demain la promesse éternelle

» De renoncer à vous me liera pour jamais!

» Entre ces murs si hauts je serai renfermée;

» Et si mon cœur allait y palpiter d'amour!.....

» Non, ce serait en vain, dans ce triste séjour

   » Ah! nulle voix aimée

» N'adoucirait l'ennui qui m'aurait consumée.

» Je verrais dans un jour des siècles de douleur;

» Quand j'aurais parmi vous réparti mes pensées,

» Mille fois mesuré ces piérres entassées,

  » Eh! que deviendrais-je, oh! ma sœur!

» Mais rentrons, a repris la pieuse novice,

» Car la cloche a sonné la prière du soir :

   » Plus tard, l'heure du sacrifice

» Sonnera pour me dire : *Existe sans espoir!*

» Sans espoir! quel blasphême! En toi, mon Dieu, j'espère;

» Des plaisirs d'ici-bas mon cœur n'est point tenté :

» Que doivent m'importer les plaisirs de la terre,

   » Je veux ceux de l'éternité! »

. . . .

. . . .

L'église du couvent ce matin s'est ouverte :

Aujourd'hui l'on consacre une fille au Seigneur ;

Lentement elle avance, et, d'un voile couverte,

Aux profanes regards a caché sa pâleur.

Sur le marbre bientôt à genoux elle prie ;

Et l'Evangile en main près d'elle est un pasteur......

    Il la console, avec elle il s'écrie :

Quand on se voue à lui, Dieu donne le bonheur !

Elle se lève alors : Bénissez-moi, mon père,

Lui dit-elle, et ses bras sont tendus vers les cieux.....

    Il a coupé les noirs cheveux

    Qu'a tant de fois tressés sa mère !

Déjà sur son beau front est le sacré bandeau :
Sur elle est étendu le long drap mortuaire ;
    Vivante, elle est dans son tombeau !
Et la vierge renonce aux pompes de la terre !

. . . .

. . . .

    Le rideau s'est baissé :
Les chrétiens sont sortis, aussitôt la prière.....
   Elle écoutait la jeune solitaire
    Lorsque tout bruit avait cessé !

Le Conscrit.

III.

« MA sœur, ma bonne sœur, prends bien soin de mon père;

» Guide ses pas : il est déjà si vieux !

» Le soir, assis dans la chaumière,

» Parlez de moi quand vous serez tous deux :

» Arrose le gazon où repose ma mère,

   » Et quand vous ferez la prière,

» Sur-tout priez pour moi, je suis bien malheureux !

» Pour la dernière fois je revois mon village.......

» Je le vis tant de fois d'un œil indifférent !

» Mon regard aujourd'hui s'en détourne en pleurant ;

» Je voudrais graver là sa fugitive image.

» Ah ! pourquoi m'arracher à mes rudes travaux ?

   » Pourquoi m'éloigner de mon père ?

» Quand vous ne m'aurez plus, isolés sur la terre,

» Vous mourrez de besoin ; et moi, sous les drapeaux,

» Je serai loin de vous, bien loin.... Ton pauvre frère

» Peut-être, ma Lisbeth, ne vous reverra plus !..... »

Et le jeune conscrit s'appuyait sur la pierre,

Et son sein exhalait quelques soupirs confus,

Et Lisbeth tout en pleurs répétait : Moi, j'espère....

Mais la triste Lisbeth n'osait plus espérer.

Quand on craint un malheur tout devient un présage :

La lune à cet instant se couvrit d'un nuage,

Et Lisbeth de nouveau se remit à pleurer.

Il partit donc. Lors, on vit chaque aurore

Et le père et la sœur sur le chemin assis;

    Le soir les y trouvait encore :

Mais le vieillard mourut sans embrasser son fils.

Le Départ.

IV.

Il est vrai, ce départ mon cœur le désirait;
Mais aujourd'hui je tremble.... Est-ce donc un caprice,
Et dois-tu me gronder de mon trouble secret?
Partir! A ce moment tout devient sacrifice;
Tous les objets alors obtiennent un regret.

2

Je parcours le jardin : chaque arbre, chaque allée,

Reçoivent un adieu de la pauvre exilée.

Tout me paraît plus beau, tant mes yeux sont charmés !

J'ai regret au soleil qui pourpre ma croisée,

Et qui vient au matin sur mes rideaux fermés

Dessiner le jasmin tout couvert de rosée

Et grimpant en festons légèrement formés.

Dans ma mémoire ainsi tout se grave et demeure;

Et la table où le soir j'écris à mon ami,

Et le grand fauteuil vert où j'y pense à toute heure,

Où, quand il ne vient pas, je m'appuie et je pleure;

Et ce coin que le jour n'éclaire qu'à demi,

Où pour lui seul à Dieu j'adresse mes prières,

Et le long corridor où résonnent ses pas,

Jusqu'au mur de la cour dont je compte les pierres,

Répétant que demain je ne les verrai pas !

Que veux-tu, c'est folie, et tu m'en vois honteuse.

J'espérais du plaisir..... l'espérance est menteuse,

Je ne m'y firai plus.... En quittant ces beaux lieux,

Témoins de mon amour, de ma joie innocente,

J'ai peur de les revoir les larmes dans les yeux;

Il n'est pas de malheur que mon cœur ne pressente !

Mon esprit, tu le sais, facile à s'émouvoir,

Inquiet et troublé, jamais ne se repose :

Pour l'être fait ainsi, le bonheur se compose

De mille riens, hélas ! qu'on ne saurait prévoir;

Je suis ce qui m'entoure et rarement moi-même.

Laisse-moi donc trembler loin de tous ceux que j'aime.

Ici, ce que je vois semble me protéger :

Sur ce banc qu'un lilas pare et vient ombrager,

J'ai pleuré quelquefois; là, mon ame blessée

Souvent a promené son unique pensée :

Partout le souvenir me charme et me remplit,

Et pour moi du passé le présent s'embellit.

Ces arbres, ces bosquets, et ces boutons qui naissent,

Tous ces objets enfin, je crois qu'ils me connaissent.

Partir! qui me promet que tu me reverras?

Ah! sait-on l'avenir?.... Je ne partirai pas!

Peut-être en ces lieux chers à mes jeunes années,

Je reviendrais un jour le cœur désenchanté,

Voyant à nu la vie, et retrouvant fanées

     Ces fleurs..... et ma beauté.

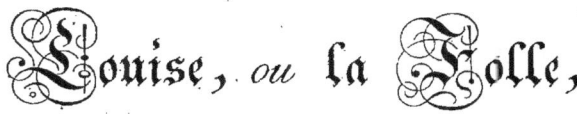

Louise, ou la Folle,

En trois Chants.

V.

CHANT PREMIER.

LA FOLLE.

Viens tresser mes cheveux d'une façon nouvelle,
Lisbeth, puis avec art mêles-y quelques fleurs.

Afin qu'il me trouve plus belle,
    Je vais sécher mes pleurs.

N'entends-tu rien, Lisbeth? Je crois toujours l'entendre :
    Au moindre bruit, je m'agite; eh ! pourquoi ?
Il ne doit plus venir !.... Mais j'aime mieux l'attendre,
Et puis souffrir après..... Tu parais me comprendre ;
Merci, pauvre Lisbeth, de souffrir avec moi.

Oh ! pour toujours ma joie est donc passée.....
    Mon père aussi je l'entends soupirer :
La tristesse m'effraie, et je tombe oppressée
Sur le sein de ma mère, et je la sens pleurer.

J'ai cru le voir hier entouré de lumière ;

Il m'a tendu les bras, puis il s'est abîmé :

Pour lui parler encor me couchant sur la pierre ,

    J'ai rappelé le bien-aimé,

A mi-voix lentement j'ai chanté sa romance ;

Après son doux refrain , à genoux j'ai prié :

J'ai vu des étrangers m'écoutant en silence ;

J'ai lu dans leurs regards..... Je leur faisais pitié.

Tiens,.... vois-tu dans le ciel cette brillante étoile ?

Le nuage en passant l'a cachée à nos yeux :

C'est Dieu qui m'avertit qu'il faut que je me voile ;

Ce soir le bien-aimé doit me conduire aux cieux.

Eh quoi ! toujours des pleurs ! Pourquoi baisser ta tête ?
Je le verrai bientôt : il m'a dit en partant
Qu'il reviendrait, Lisbeth, et notre hymen s'apprête ;
Le cierge est allumé..... la fiancée est prête.....
    C'est le fiancé qu'on attend.

Non, non, je m'en souviens.... Les plus noires pensées
Viennent, puis tout-à-coup s'échappent dispersées....
Je m'en souviens, chacun me répétait tout bas :
Ton ami t'a trompée et ne reviendra pas.

Tout en pleurant, hélas ! je ne pouvais les croire.
On disait vrai : tu vois, j'ai toute ma mémoire.

Mon Dieu, je l'aimais tant ! je l'aimais plus que moi.

J'éprouve un mal affreux.... Tais-toi, Lisbeth, tais-toi.

Je ne veux plus souffrir... Sur mon front qui rayonne,

Viens poser, ma Lisbeth, viens poser la couronne.

Je suis la mariée, et c'est mon plus beau jour :

Je suis belle à présent de la beauté que donne

　　　La pudeur et l'amour.

CHANT SECOND.

LA NOCE.

L'église est ce matin richement décorée.

Le seigneur du canton se marie aujourd'hui :

Sa fiancée heureuse et d'un voile entourée,
S'appuie avec bonheur sur lui.

Silencieux, il la contemple :
De son sein il s'échappe un soupir douloureux;
Serait-ce un souvenir?.... Il détourne les yeux;
Son regard inquiet a parcouru le temple.

Il n'a rien vu; retombant à genoux,
Sur le marbre où déjà s'incline son amante,
Il prie avec ferveur, et, d'une voix tremblante,
Il dit : *Pasteur, bénissez-nous!*

L'époux a pris la main de l'épouse nouvelle ;

   Tous deux ont juré sur la croix :

Un cri vient d'ébranler l'écho de la chapelle.....

    Léon ! a prononcé la voix.

Une femme à ces mots se présente éperdue :

« Qu'on me laisse approcher... Oh ! ne m'arrêtez pas !

   » Me voilà !.... je te suis rendue ;

   » Léon, ouvre-moi donc tes bras !.... »

   Mais elle s'arrête étonnée

En regardant Léon et l'épouse et le ciel...,,

Elle a douté long-temps la jeune infortunée,
Puis sa tête a frappé les marches de l'autel !

CHANT TROISIÈME.

LA MORT.

Je marchais enivré d'espérances brillantes ;
Je vis des voiles noirs, de longs habits de deuil,
Et des filles en pleurs, de leurs mains chancelantes,
   Soutenaient un cercueil.

Tout ému, je suivis la foule au cimetière ;
Elle chantait en chœur : quels lugubres accents !

A la demeure uniforme et dernière

J'entendis un bruit sourd qui vint glacer mes sens.

Sur le drap blanc j'aperçus une rose.....

— « Dans ce tombeau qui se repose ? »

— « C'est une fille de vingt ans. »

A ces mots, je m'assis sur la fosse nouvelle ;

De ceux qui s'éloignaient j'écoutai les pas lents :

On vint poser la croix ; je me penchai sur elle....

Je lus.... Louise ! et je priai long-temps.

La jeune Fille.

VI.

Oh ! le beau soir ! quelle douce fraîcheur !

    Je me sens plus heureuse encore ;

    Je voudrais un bien que j'ignore,

Et j'ai besoin de presser sur mon cœur.....

Eh! quoi?.... je n'en sais rien : je ferme la paupière;

J'attends, j'ouvre les bras;

Je veux saisir l'image passagère

Que j'ai rêvé, que j'appelle tout bas.

Parfois, je crois que toute la nature

Me parle, et me promet un bien délicieux;

Je voudrais l'embrasser, et ma joie est si pure

Que je crois être dans les cieux.

Tout maintenant, tout m'intéresse :

Le pauvre est mon ami, j'aime les malheureux;

Ils me font oublier le charme qui m'oppresse,
      Car je pleure avec eux.

Mais d'où me vient souvent une vague tristesse?
Qu'est-ce? dis-je à mon père, en cachant ma rougeur;
Qui cause mes soupirs? qui fait battre mon cœur?
De ce mal inconnu vous souriez sans cesse;
Vous souriez..... Ce mal promet donc le bonheur?

Seule alors je m'enfuis, j'écoute le silence,
      Ou d'un œil radieux,
   Je fixe l'horizon immense;

Mais au-delà du voile lumineux,

    Je place une sainte espérance.

Je cours me reposer sous le toit paternel ;

    J'y rentre attendrie et calmée ;

Je m'entends appeler par une voix aimée.....

« Mon père, pour vos jours je priais l'Eternel ! »

Les Présages.

VII.

Pendant une heure au moins je l'avais attendu;
Mécontente, j'avais tâché de me distraire
Par un livre amusant, un travail assidu,
Hélas! je ne pouvais ni lire ni rien faire.

Assise sans penser devant mon secrétaire,

Sans se fixer sur rien, mes yeux erraient partout;

Ma plume au lieu d'écrire essuyait la poussière,

Et puis, entre mes doigts la prenant par un bout,

Mollement j'arrachais sa parure légère;

Puis ma tête tombait sur mon bras incliné,

Puis j'effaçais un mot, puis ma main indolente

Défaisait sans efforts chaque boule flottante,

Dont mon front le matin se voyait couronné;

Je soupirais tout bas sans peine bien réelle;

J'arrangeais le fichu que j'avais détaché;

Puis je me balançais, et, le corps tout penché,

Je comptais les pavés de ma chambre nouvelle.

Qui croirait que ce jeu dissipât mon ennui?

Depuis que nuit et jour je ne pense qu'à lui,

Pour moi tout est présage, et la lune couverte,

Le brin d'herbe brisé, la rose trop ouverte,

La marguerite en fleur que j'effeuille en passant,

Le chant du jeune oiseau, sa vue au jour naissant,

L'araignée au matin qui fait que je tressaille,

Que j'ai peur jusqu'au soir, et qu'alors je me raille

De ma vaine frayeur, qui renaîtra demain....

J'en reviens aux pavés, dont le nombre incertain

Faisait qu'en les comptant mon cœur battait à peine,

Qu'à force de trembler je ne voyais pas clair :

Il ne reviendra pas de toute la semaine,

Me dis-je alors tout haut, si le nombre est impair !

Il est pair! j'ai compté. Dût ta bouche railleuse

Sourire un peu de moi, je me sentis joyeuse.

Par un second calcul je n'osai pas risquer

Un bien déjà promis.... je pouvais le manquer.

Peut-être en me trompant, du pavé prophétique

J'ai détourné les yeux, et ma pensée unique

Est venue aussitôt de nouveau m'enlacer,

A chassé le dépit, l'ennui qui décourage;

Et l'espérance a su doucement me bercer.

Je ne veux plus rien voir, j'ai trop peur d'un présage!

Grand Dieu! je viens d'entendre un air napolitain;

Un air gai le lundi!.... Je pleurerai demain.

Un enfant a chanté!.... Cela marque la joie.

Un chien hurle! la peine..... Ainsi, toujours en proie

A la crainte, à l'espoir.... Mais le soleil a lui!

Dans un nuage d'or le voilà qui se noie!...

C'est preuve de bonheur... Quelqu'un vient... Ah! c'est lui!

Le Cri d'un Fils.

VIII.

D'un amour insensé nuit et jour consumée,

Malgré moi je cédais au charme d'être aimée;

Mais, vertueuse encor, j'enfermais en mon cœur

    Et mes soupirs et ma douleur.

Mon époux! le cruel! Il m'avait délaissée;

Il m'avait provoquée en trahissant sa foi :

Je pensais à Rémond; inquiète, oppressée,

    Je cherchais à fuir ma pensée,

    Mon fils, en m'approchant de toi !

Un jour Rémond surprit mon coupable mystère :

A cet aveu mon front se couvrit de rougeur;

J'écoutais de sa voix le charme séducteur,

    Et sa douce voix faisait taire

Les remords de l'épouse, et non ceux de la mère.

Il fixait sur mes yeux ses regards attendris;

D'un trouble décevant pouvais-je me défendre?

Ecoutez.... Que viens-je d'entendre?
Grand Dieu ! c'est la voix de mon fils !

Je m'arrête éperdue....
Je vois l'abîme où j'allais m'égarer :
Un seul cri vient de m'éclairer,
Et sans ce cri j'étais perdue !

Je fuis alors ; je crains de m'approcher
Du lit de mon enfant, honteuse, infortunée !
Son front si pur, je n'ose le toucher ;
Je n'ose, hélas ! ma bouche est profanée.

Je me jette à genoux, et mes yeux sont remplis
Des pleurs d'un repentir sincère....

La punition d'une mère
Est près du berceau de son fils.

Craintive, je m'avance :
Il ne peut deviner mon pénible embarras,
Et, dans son heureuse innocence,
Il m'a tendu ses petits bras.

Par son sourire, il me rassure;
De mon fatal amour les feux sont affaiblis :
Un seul baiser de lui m'épure....
Je te bénis, mon fils !

L'Amant heureux.

IX.

Mon amour s'éteint-il ou suis-je moins aimée ?

    Je souffre à présent près de lui.

    Lorsqu'il m'embrassait aujourd'hui,

    D'un trouble secret consumée,

Je ne ressentais plus le charme du désir ;
Ma tête sur son sein reposait sans plaisir.
Lui, mollement assis et sans joie et sans peine,
Me souriait parfois d'un souris protecteur ;
      Ma main alors cherchait la sienne,
J'attendais un regard pour rassurer mon cœur....
Distrait, il oubliait ma craintive tendresse,
Et ses yeux restaient froids quand les miens pleins d'ivresse
      Demandaient encor le bonheur.

Jadis en me quittant il répétait sans cesse :
« Emy, ma douce Emy, je reviendrai bientôt.... »
      Hélas ! à présent pas un mot,
      Rien pour adoucir ma tristesse.
Il a pu s'éloigner avant la fin du jour....

Je l'ai suivi long-temps abattue et tremblante ;

Il n'a plus regardé le toit de son amante,

Et je n'ai pas osé désirer son retour.

Je pleure et me sens malheureuse....

Qui me rendra la paix de mes premiers beaux ans ?

Qui me rendra son cœur et sa voix amoureuse,

Et ses baisers si doux et ses soupirs brûlans ?

J'entends le bruit d'une fête brillante ;

J'entends les airs de ces concerts joyeux :

Il est peut-être là, tandis que moi, mourante,

Des pleurs de désespoir s'échappent de mes yeux.

Sur un temps plus heureux ramenant ma pensée,
Je me rappelle encor des jours de volupté;
Je me retrouve encor entre ses bras pressée;
J'écoute les soupirs de son sein agité.

Fuis loin de moi, cruelle souvenance,
    Fuis, ou laisse-moi l'espérance,
    Le bonheur ou la liberté....
Non, viens plutôt, séduisante chimère!
    Renoncer à lui c'est mourir;
    Au calme, hélas! je te préfère :
    Il vaut mieux l'aimer et souffrir.

La jeune Ouvrière.

X.

O nuit ! ne finis pas encore !

De mon ouvrage , hélas! je ne suis qu'à moitié;

Je l'ai promis avant l'aurore ,

Et je veux l'achever; car demain , sans pitié ,

Peut-être on retiendrait mon modique salaire,
   On laisserait mon pauvre père
   Manquer de pain ! il est si vieux !
Ah ! redoublons d'ardeur, cette faible lumière
N'est pas celle du jour.... l'étoile brille aux cieux.

   En lui donnant le prix de mon ouvrage,
     Ses bras me presseront bien fort;
Cette douce pensée anime mon courage,
Et me fait supporter l'injustice du sort.

Peut-être, en travaillant avec persévérance,
Je serai riche un jour, et je pourrai nourrir

Celui qui soigna mon enfance :
Un avenir heureux à mes yeux vient s'offrir....
Que l'espoir fait de bien ! Je veux, par l'espérance,
Effacer un passé qui m'a tant fait souffrir !

Dans la peine et les pleurs passant ma triste vie,
Chaque soir me voyait craindre chaque matin :
    Souvent j'ai maudit mon destin ;
    Au riche je portais envie.

Tandis que le travail me retient seule ici,
Me disais-je, j'entends les heureux de la terre,
L'éclat de leur gaîté.... Dans ma douleur amère,
Je m'écriais : Mon Dieu, je suis ta fille aussi !

Parmi ces jeux bruyans, j'accourais oppressée;
J'en voulais partager et la joie et le bruit;
Pauvre, j'étais partout et toujours repoussée :
Honteuse, je montais en mon triste réduit;
Ce luxe humiliait malgré moi ma misère......
Ma pauvreté plutôt devait me rendre fière.

Parfois, je l'éprouvais ce noble et pur orgueil,
Lorsque du temple saint j'avais passé le seuil;
Je ne me sentais plus sans amis, sans famille :
Marie était ma mère et Dieu mon protecteur.
Le riche était petit près de la jeune fille
Qui venait leur offrir tous ses jours de malheur.

Mon ouvrage est fini.... ma paupière s'affaisse :
Pendant quelques instans je vais me reposer.
  Mon père, avant que le jour ne paraisse ,
Viendra me réveiller par un tendre baiser.

A ces mots sur sa main sa tête s'est posée.
Un sourire a passé sur sa bouche rosée.
Quoi ! tu rêves déjà ce que tu désirais ?
        Pauvre enfant ! dors en paix !

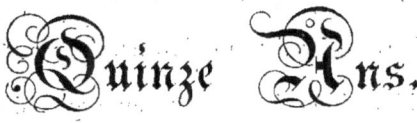

Quinze Ans.

XI.

Je regrette quinze ans et cela vous étonne ;
Je vous séduis encor ; qu'importe ma fraîcheur ?
Ah ! ce n'est pas ainsi que mon esprit raisonne,
En vérité, Louis, vous devenez prêcheur.

Ecoutez-moi : comment du printemps de la vie,

Sans soupirer un peu, voir s'écouler les jours?

L'avenir plein d'espoir à notre ame ravie,

Montre alors un bonheur qu'on croit durer toujours.

Vers ces biens ignorés, que le cœur qui s'éveille

    Rêve et pressent délicieux,

    On s'élance, et l'on est heureux

D'attendre et d'espérer comme on a fait la veille.

Ah! quel plaisir réel pour moi valut jamais

Ceux que cherchait en vain ma timide innocence!

Je ne devinais rien, et cette impatience

    Etait un tourment que j'aimais.

Ainsi , belle , naïve et pure ,

Vers le but j'avançais sans crainte et sans douleur :

Je voudrais m'arrêter..... et du fond de mon cœur

    Je sens s'échapper un murmure ,

    Lorsque le temps à ma coiffure

    En passant arrache une fleur.

Laisse-moi répéter sans me croire trop folle

    Que c'est un malheur de vieillir.

    L'amour pour toi vient m'embellir,

Et de mes vingt-cinq ans aisément me console....

C'est que mes vingt-cinq ans ne m'ont pas tout ôté.

Louis , dans la beauté réside notre empire :

Toi-même je t'ai vu de courroux transporté ,

Appaisé tout-à-coup par un joli sourire ;

Un regard gracieux assurait mon succès,

Et sur ta raison affaiblie.

Souvent j'ai gagné mon procès,

Parce que seulement j'étais jeune et jolie.

Appelle, si tu veux, frivoles agrémens

La cause de notre puissance ;

Mais tu ne peux, en conscience,

M'empêcher aujourd'hui de regretter quinze ans.

Le Soir.

XII.

Laisse, que sur ton sein je repose ma tête :

Il fait nuit ; tout se tait... Ah ! que j'aime un beau soir !

Le jour est l'instant de la fête ;

Voici celui du calme et de l'espoir !

Entends-tu comme moi cet imposant silence !

Il me fait pressentir le bonheur des élus.

Là, je vois Dieu partout, et vers lui je m'élance ;

   Je sens encor, mais je ne pense plus.

De ce pieux transport dut naître la prière.

Quel immense horizon ! quel lumineux contour !

Je voudrais tout presser sur mon cœur plein d'amour ;

Car mon cœur est plus grand que la nature entière.

Oui, l'incrédule ici s'écriait avec moi,

   Plein d'une espérance divine :

  « Gloire au Très-Haut ! je crois et je m'incline. »

Il croirait.... Oh ! ma sœur, le soir donne la foi.

Mais j'entends gronder le tonnerre....

Vois-tu , l'éclair a sillonné le ciel ,

Le ciel , qui semble un voile entourant cette terre

Pour nous dérober la lumière

De la face de l'Eternel !

Ce bruit majestueux est la voix menaçante

Qui vient effrayer le pécheur ,

Qui doit faire naître en son cœur

Et le remords et l'épouvante,

Pourquoi ?

XIII.

Que peut-il me vouloir ? et pourquoi cette idée
Le jour comme la nuit me vient-elle cent fois ?

Pourquoi s'être arrêté, puis m'avoir regardée,

Et puis s'être enfoncé dans l'épaisseur du bois ?

Je l'aperçois encor, appuyé contre un chêne

Dont la feuille en tombant caressait ses cheveux ;

Ses soupirs annonçaient une secrète peine.

Etait-ce de la crainte ? était-il malheureux ?

Son livre à ses côtés demeurait inutile ;

Le vent en agitait les feuillets entr'ouverts ;

Lui restait là rêveur, attentif, immobile,

Sous l'ombrage incertain de quelques rameaux verts.

Il ne m'attendait pas ; m'avait-il jamais vue ?

Connaissait-il mon nom ? avait-il donc appris

Que je promène au soir dans la longue avenue

Où depuis quelques jours trois fois je l'ai surpris.

La première ; j'étais sans nulle défiance ;

J'avançais en cueillant un gros bouquet de fleurs,

En chantant à mi-voix un air de mon enfance,

Avec lequel toujours on m'endormait sans pleurs.

Tout-à-coup je le vis au détour d'une allée,

Je le vis, et n'osai m'approcher d'un seul pas;

Je m'arrêtai confuse, interdite, troublée,

Le regardant sans cesse et ne respirant pas.

Il était jeune et beau; sa prunelle azurée

Se voilait fréquemment par ses cils abaissés....

Ah! comme son regard pourtant m'eut rassurée!

En le voyant ainsi, de mes rêves passés

Je croyais ressaisir la fugitive image,

Et retrouver un être aimé depuis long-temps;

Mon écharpe effleura le mobile feuillage,

Et l'inconnu put voir le trouble de mes sens.

Il rougit.... et ma bouche essaya de sourire;

A ce souris, vers moi je le vis s'avancer....

Tremblant, il s'arrêta : je n'osai rien lui dire;

Il s'inclina bien bas et me laissa passer;

Mais rentrée au château, je devins sérieuse;

La nuit fut sans sommeil : ses traits nobles et beaux,

Sa taille, sa rougeur, sa pose gracieuse,

Me poursuivaient, hélas! cachée en mes rideaux.

Aussi le lendemain me trouva plus distraite;

Avec joie et frayeur je désirai le soir :

Au déclin du soleil je partis inquiète;

Pleine d'un trouble heureux, d'un doux et vague espoir,

J'allais cueillant des fleurs, non plus comme la veille,

Mais pour me dérober ma timide rougeur;

Pour tromper les désirs d'une ame qui s'éveille,

Ignorant l'avenir, la peine et le bonheur.

Il était à sa place, et m'attendant sans doute;

Ma main laissa tomber son fragile trésor,

Il ramassa les fleurs; quand je quittai la route,

Je détournai la tête.... il me suivait encor.

A la troisième fois , je marchais en silence ;

Un léger voile blanc cachait mon embarras :

Il m'attendait toujours.... Je le savais d'avance ,

Et le jeune inconnu me suivit pas à pas.

Que peut-il me vouloir ? et pourquoi cette idée

Et le jour et la nuit me vient-elle cent fois ?

Pourquoi s'être arrêté , puis m'avoir regardée ?

Et puis s'être enfoncé dans l'épaisseur du bois ?

# Espérons.

XIV.

A quinze ans l'avenir était un jour de fête,
La couronne de fleur parait toujours ma tête;
Légère, j'avançais, et, sans craintes alors,
J'étais riche d'espoir.... De tous ces vains trésors

Que m'est-il donc resté? Mais pourquoi cette plainte?

Et d'où me vient ce mal dont je me sens atteinte?

Ce bonheur espéré je ne l'ai point senti;

Je l'ai cherché partout, car j'en étais avide;

Mais partout j'ai trouvé la vie amère et vide;

Rien n'a rempli mon cœur; l'avenir a menti.

Parfois je sens encor que de mon existence,

Je n'ai pas deviné le but et le secret :

Non, je ne pourrais pas la quitter sans regret;

J'attends, j'attends toujours : une chère espérance

D'un bien délicieux vient pour me ranimer :

Ce bien, quel est-il donc? Est-ce un besoin d'aimer?

Ce qu'on appelle amour est une vive flamme

Qui, dit-on, sans motif, tout-à-coup vous atteint,

Vous éclaire, vous brûle, et qui bientôt s'éteint....

Ce sentiment léger n'est pas fait pour mon ame.

Ainsi, j'avance, et vois d'un œil triste et surpris

Mes beaux jours qui s'en vont sans m'avoir rien appris.

La gloire m'a souri; mais sa palme brillante,

Pour une faible femme, a semblé trop pesante.

Pourtant, par un beau soir, qu'est-ce donc que je sens?

Et qui vient révéler à mon cœur, à mes sens

Une nouvelle vie, une volupté pure?

Dieu voudrait-il tromper sa pauvre créature?

Non. Je veux espérer : mes beaux rêves passés,

Passés si vite, hélas! seront un jour peut-être,

Par un charme réel, embellis, surpassés;

Et ces tourmens sans nom que chaque jour voit naître,

Par ce charme inconnu se verront remplacés.

L’Amante.

XV.

Je le sens, j’ai perdu l’heureux don de te plaire,
Et je conserve, hélas ! la force de t’aimer.
De mes plaintes, Léon, ne va pas t’alarmer.
Sans pitié, tu peux voir des pleurs sous ma paupière :

Autrefois par ta bouche ils étaient essuyés.

Toujours mes yeux en sont noyés,

Et je reste pourtant tout un jour solitaire !

Chaque matin me trouve espérant te revoir ;

Je souris au soleil qui m'apporte l'espoir.

Pour te paraître bien, je soigne ma parure :

A force de souffrir j'ai perdu ma beauté ;

La peine avant le temps m'a déjà tout ôté,

Et l'art ne saurait plus embellir la nature.

Je cherche en vain ces contours gracieux,

Et tous les attraits de mon âge,

Je cherche ma fraîcheur, le brillant de mes yeux,

Et partout le malheur a marqué son passage.

Du miroir je m'éloigne aussitôt d'un pas lent ;

Je soupire en pensant à ma belle jeunesse,

A ce long avenir, puis à ce cœur brûlant

Qui sent si jeune encor l'ennui de la vieillesse ;

Mais au fond de ce cœur je trouve tant d'amour,

Que je crois que mes traits s'embelliront peut-être.

Oh, cruel! non, jamais tu ne pourras connaître

La peine que je sens à chaque heure du jour.

    Au moindre bruit, je tremble et je m'agite....

A force d'espérer tous mes sens en sont las.

Si je crois que c'est toi, Dieu!.... je me précipite;

    Craintive alors, je reviens sur mes pas.

Tu me voyais jadis fière autant que charmée,

Lorsque je t'attendais, accourir près de toi;

Mais on devient timide en étant moins aimée....

      Et je crains, pardonne-le-moi,

De voir s'évanouir l'illusion dernière,

    L'illusion qui m'est encor si chère,

      L'espoir de posséder ton cœur.

Ah! laisse-moi long-temps douter de mon malheur;

Que mon heureuse erreur ne me soit pas ravie!

Vois, lorsque j'aperçois sur ta bouche un souris,

    Vois comme sur mes traits flétris

    Se répand tout-à-coup la vie.

Quand je surprends l'ennui se peindre sur tes traits,

Il est vrai, je deviens orgueilleuse, irritable,

Exigeante, jalouse, et je me dis après :

« Pour lui plaire, il faudrait être toujours aimable ;

» A l'amante adorée on pardonne bientôt ;

» On aime les défauts qui prouvent sa tendresse ;

» Elle peut tout calmer d'un geste ou d'un seul mot...

    » Mais à l'amante qu'on délaisse,

» On ne pardonne rien, pas même la tristesse. »

    Va, si je puisais dans tes yeux

Une félicité qu'autrefois j'ai connue,

Je pourrais saluer toujours la bien-venue,

Par la douce gaîté qui te rendait joyeux ;

Tu pourrais retrouver mon esprit et mes charmes....

Mon bien-aimé, tu changerais mes larmes
En pleurs délicieux !

Je t'attendris.... ton bras m'attire....
Tu m'aimes... dis-le-moi... Tu m'aimes ! le beau jour !
Essaie un peu de ton empire,
Mon Léon, encor de l'amour !

Après.

XVI.

On me l'avait prédit, tout disparaît et passe ;

    Je ne voulais pas y penser :

  Il est si doux de se laisser bercer

Par l'image d'un bien qu'ici-bas rien n'efface !

Mais, c'en est fait, nous n'avons plus d'amour.

Aujourd'hui, près de lui je me sentais glacée ;

Pendant qu'il était là, cent choses tour-à-tour

Venaient occuper ma pensée ;

Je caressais mon chien chéri,

Non parce que jadis il fut son favori,

Mais pour nous dérober une cruelle gêne,

Un silence de mort, un pénible embarras.

Les yeux sur moi fixés, il ne me voyait pas,

Et je m'en attristais à peine !

Je le savais ici sans joie et sans désirs !

Qui me l'eût dit, quand timide, alarmée,

Dans un rien je puisais ma peine et mes plaisirs ?

Mon bonheur, c'était lui ; ma vie en être aimée !

Eh ! quoi donc a pu rompre un charme si puissant ?

C'est moi, c'est toujours lui, c'est sa grâce parfaite,

Son regard doux et fin, son souris ravissant.

Je suis encor jolie, et l'on me dit bien faite;

Mais ce charme secret, lien mystérieux

Qui vient nous enivrer, nous troubler, nous séduire,

Est passé pour jamais! son fugitif délire

    Nous a quitté tous deux!

Il ne m'a rien laissé qu'une douleur muette,

    Qu'un mal sans nom et sans douceur;

Je n'espère plus rien, je ne sens plus mon cœur;

    A peine encor si je regrette

    Ces souvenirs qui semblaient du bonheur!

J'ai gagné seulement la triste expérience,

Qu'un amour éternel ne saurait exister;

Je ne peux me fier à la folle espérance

D'un bien que j'ai connu, qui vient de me quitter.

Mais que faire à présent de ma vie inutile?

    Et comment dépenser mes jours?

    Le temps va courir immobile,

Et rien pour moi ne marquera son cours,

    Que ma beauté que je verrai fanée,

Que l'ennui, le dépit..... Risible destinée !

Ah ! rien qu'à son aspect je me sens effrayer !

Jamais, me reposant sur la douce pensée

      Qu'un être est à moi tout entier,

Je ne me sentirai de ses deux bras pressée,

Sûre de son amour, fière de l'en payer.

Dans le monde, mes yeux, parcourant l'assemblée,

Ne rencontreront plus un œil fixe et rêveur

      Qui révèle à l'ame troublée

      Que près d'elle se trouve un cœur

Capable de sentir le feu qui la dévore,

Qui vient tout embellir, qui vient tout animer,

Qui, sans avoir rien dit, promet de vous aimer,

Et qui long-temps après, vous fait rêver encore....

Ah ! j'aime mieux mourir, car c'est mourir cent fois ;

Oui, j'aime mieux mourir, tandis que sur la terre
Je ne regrette rien, que nul n'entend ma voix.
Oh! mon Dieu, que ce vœu devienne une prière
Qu'exauce ta bonté! daigne me secourir!
Donne-moi le repos; la vie est trop amère;
Je suis lasse d'aimer, de souffrir et de plaire,
Je suis lasse de tout, il est temps de mourir!

La Soeur.

XVII.

Ce couvent avait vu s'écouler mon enfance ;
Je ne connaissais rien hors ses vastes enclos :
Tous mes jours passaient en repos
Dans la prière et le silence :

Mes plaisirs n'étaient point les plaisirs d'ici-bas,
Et je voulais le ciel qui semblait ma patrie !
J'étais douce, sans peine, et soumise et chérie,
Heureuse des désirs que je ne formais pas.

J'avais vingt ans, une jeune novice
Devait se consacrer pour toujours au Seigneur;
Elle prie, elle attend l'heure du sacrifice,
Et déjà vers son Dieu s'est élancé son cœur.
Le mien s'agite et bat, car j'ai compris sa joie;
J'ai compris, pour le ciel, qu'on aimât à souffrir,
Et comme elle je veux pour lui vivre et mourir.
Ce vœu d'amour c'est Dieu qui me l'envoie.

« O pasteur ! donnez-moi le Sauveur pour époux !
» Filles de Dieu, je veux vivre avec vous;

» Laissez-moi saintement, dans votre monastère,

» Ignorer pour toujours le monde et ses douceurs.

    » Qu'importe aux humbles sœurs,

» Aux servantes du Christ les pompes de la terre !

» Que craignez-vous ? Je vois ma vie entière,

» Je connais mes devoirs et je les chéris tous ;

» Soigner les malheureux m'en paraît un si doux !

» J'aurai la paix des saints en couchant sur la pierre :

    » Daignez m'admettre parmi vous ! »

   . . . .

   . . . .

    Il arriva ce jour de fête ;

Je me donnai joyeuse au Maître que j'aimais ;

    Le voile noir fut posé sur ma tête,

Et ce long voile noir me couvrit à jamais !

　　Long-temps encor cette vie immobile ,

S'écoula doucement sans peser sur mon cœur ,

Et j'ignorais qu'il pût exister un bonheur

Autre que ce bonheur si pur et si tranquille.

Parmi toutes les sœurs habitant ce séjour,

La seule Elisabeth me semblait malheureuse ;

Le soir je la voyais , pâle et silencieuse ,

De ces murs éternels faire à pas lents le tour ;

Sur ses traits abattus se montrait la souffrance ;

Ses beaux yeux, se cachant sous son voile abaissé ,

Semblaient d'un seul regard parcourir le passé ,

Et pleurer , d'un regret la fatale impuissance.

Et moi je la suivais en la voyant souffrir ;

De ce mal ignoré je la voulais guérir.

« Laisse-moi ma douleur, s'écriait l'égarée,

» Tu veux la partager ? tu veux être éclairée ?

» J'aimai, je fus aimée.... et voilà mon secret. »

Elle m'apprit alors l'amour et son ivresse;

Elle m'apprit sa joie et sa vague tristesse,

Et déchira le voile, hélas ! qui m'entourait !

Ah ! je comprends la vie, et, dans ma peine amère,

Je répète vingt fois les noms si doux de mère,

Et d'amante et d'épouse. Oh ! ma sœur ! qu'as-tu fait ?

Oh ! ma sœur ! tous ces biens mon cœur les ignorait.

Dieux ! je me sens perdue, et ce nouveau langage

Pour moi vient d'embellir tout ce monde à mes yeux;

D'élever dans mon sein un effrayant orage;

De jeter le dégoût dans ces paisibles lieux....
Je me sens seule ici.... dans toute la nature....
De ma bouche il s'échappe un douloureux murmure,
    Et j'ai pleuré mes vœux !

Désormais plus de paix ; je parcours oppressée
    Ces corridors silencieux ;
Dans un autre univers s'élance ma pensée,
    Qui n'aspirait qu'aux cieux.

Mon Dieu, pardonne à ton humble servante
    Ce regret insensé ;

Le temps de l'erreur est passé,
Je te suis revenue et triste et repentante !

Assise un soir sur mon siége de bois,
Dans ma cellule renfermée,
J'aperçus tout-à-coup l'image de la croix :
Me jetant à ses pieds, je me sentis calmée;
Alors l'Esprit saint m'éclaira ;
J'éloignai de mon cœur le besoin d'être aimée,
Et je priai long-temps, et mon cœur s'épura.

Depuis, j'ai vu des sœurs (elles m'ont consolée,
Du monde ayant connu la joie et les regrets)

Accourir parmi nous l'ame encore troublée,
Bientôt y retrouver le bonheur et la paix.

Et moi, quittant le port pour la mer agitée,
J'aurais à ce couvent dit un parjure adieu !...
Il m'eût revue un jour, repentante, attristée,
     Venant redemander mon Dieu !

La vieille Coquette.

XVIII.

Il faut donc renoncer au doux plaisir de plaire,
A ces mots si flatteurs, à ces soins empressés?
J'ai vieilli.... La beauté, cette fleur passagère,
S'est flétrie, et pour moi les beaux jours sont passés.

Me regardant hier dans la glace fidèle,
Je cherchais mon front pur, mon rire gracieux,
Mes cheveux longs et noirs, cette femme si belle
Qu'on adorait partout comme un ange des cieux.

Tout est fané; mon sourire est sans charmes,
Mes regards sont éteints; je voulus alors voir
    L'effet que produisaient mes larmes;
Je ne sais plus pleurer, et, dans mon désespoir,
Je m'enlaidis encor et brisai le miroir.

Maintenant avec soin j'arrange ma parure;
J'assortis à mon teint les fleurs et les rubans;

Mais l'art ne vaut pas la nature :
Sous ces fleurs qu'avec goût j'ai mis à ma coiffure ;
   On a vu les traces du temps.

Si l'on vante mon air, ma mise ou mon langage ,
Fière d'un court succès, je crois séduire un cœur ;
   Mais je surprends un ris moqueur
   Qui vient me rappeler mon âge.

A la beauté riche de ses quinze ans ,
J'envie avec douleur ses deux lèvres de rose,
   Son sein de lis et ses désirs naissans ,
   Et l'avenir où son cœur se repose.

Si je la vois briller, mon œil avec dépit
Lui cherche des défauts; jalouse, mécontente,
Je la blâme et la hais.... Ciel! qui me l'eût prédit!
Est-ce qu'en vieillissant je deviendrais méchante?

Hélas! j'étais bonne autrefois,
Parce qu'on m'admirait sans cesse;
Eh! quoi! plaisirs, bonté, jeunesse,
Tout va me quitter à la fois?

En commençant mon beau voyage,
Je précipitais les instans;
En cueillant les fleurs du printemps,
J'oubliais l'hiver et l'orage.

Mais sur moi le temps a passé :

C'en est fait, il ne m'a laissé

Qu'un vain regret et qu'une peine amère.

De m'abuser il ne m'est plus permis ;

J'ai vu que l'espérance était une chimère ,

Qu'elle donnait bien moins qu'elle n'avait promis.

Rêverie.

Elle était sans beauté.

XIX.

MA tête sur ma main se trouvait inclinée,

Et j'écoutais au loin quelques touchans accords ;

Mes larmes lentement s'échappaient sans efforts ;

J'étais là, sans penser, sans voir, abandonnée

7

Au charme tout-puissant d'un mal plein de douceur.

J'ignorais l'univers, et mon ame enchaînée

S'élançait vers son Dieu, devinait un bonheur

Qu'ici-bas rien, hélas! n'a pu rendre à mon cœur:

C'était la paix, l'amour, la joie et l'espérance,

C'était.... Le souvenir même m'en est ôté;

Il ne me reste plus de ma félicité

     Que le besoin et que l'absence.

Mais bientôt, d'un regard parcourant le passé,

Sur mon triste destin je me suis attendrie,

J'ai pleuré mes beaux jours, ma jeunesse flétrie,

Et ce rêve si beau que le temps a chassé.

Ce rêve... il m'en souvient... Un soir, dormant à peine,

Je vis à mes genoux un mortel incliné :

« Je te cherchais, dit-il; oh! viens, tu seras mienne!
» A t'aimer de tous temps Dieu m'avait destinée;
Et moi je l'écoutais... Une divine flamme
Me pénétrait partout... puis, déjà je l'aimais;
Nos voix en se mêlant redirent : A jamais!
Et mon ame aussitôt s'élança vers son ame.

Ce rêve, tout-à-coup, vint éclairer mon cœur,
Me révéler l'amour, son trouble et son délire;
Jeune, mais sans beauté, jamais un doux sourire,
Jamais un mot d'amour, un instant de bonheur,
Hélas! ne m'ont rendu ma séduisante erreur.
Ainsi mes jours ont fui, sans cesse dédaignée,
Lorsque je soupirais l'on paraissait surpris,
Je dévorais des pleurs qui n'étaient pas compris.

Maintenant, à mon sort je me sens résignée ;
Mais j'ai souffert long-temps : l'ame pleine de fiel,
Je n'ai jamais connu que la crainte, l'envie,
Le vide, la douleur; de la coupe de vie
J'ai bu l'amer poison sans la goutte de miel.

Insensés ou cruels, oh ! vous dont la science
Cherche à faire douter de l'immortalité,
Pourquoi vouloir briser ma dernière espérance ?
Vous flétrissez encor mon cœur désenchanté.
Quoi ! moi que le malheur a sans cesse opprimée,
Qui n'ai jamais senti le charme d'être aimée ;
Ce désir d'un bonheur que je n'ai pas goûté,
Ne serait donc, oh ! ciel ! qu'une vaine chimère ?

Ce désir est un don d'un Dieu plein de bonté ;
Il deviendrait alors un don de sa colère.

Mais ces secrets un jour nous seront révélés.
  On voit écrit au livre de lumière :
Oh ! vous qui pleurerez, vous serez consolés !

La Mer, le Devin, l'Amour.

XX.

Ils étaient là tous deux les mains entrelacées,
Savourant de l'amour les suaves pensées.
Il est dans le silence un charme attendrissant,
Un langage secret, un lien tout-puissant;

Un même sentiment vous trouble, vous inspire;
Par les mêmes désirs le cœur est animé,
Et l'ame est confondue alors, pour ainsi dire,
    Avec celle de l'être aimé.

Leurs regards se portaient sur la mer agitée
Pleins d'un espoir pieux, d'une sainte terreur;
Et la vague à leurs pieds était précipitée
Sur le rocher où vient expirer sa fureur;
Mais, sortant tout-à-coup de cette longue extase,
Penchant sa tête nue et, riant à demi,
De pleurs elle a mouillé le sein de son ami :
« Ah! laisse-moi pleurer, tant de bonheur m'écrase;
» Il me tue, il est prêt de me faire souffrir;
» Il est mêlé de peur, ma joie est douloureuse;

» Elle ne peut durer, je me sens trop heureuse :

» Maintenant, je voudrais mourir ! »

« —Mourir ! eh, quoi ! mourir ! toi si jeune et si belle,

» Toi que j'aime au-delà de l'univers entier !

» Non, tu ne mourras point ; je suis allé prier ;

» Oui, j'ai prié pour toi dans la sainte chapelle....

» Vois ce ciel nuagé d'or, de pourpre et d'azur ;

» C'est comme notre vie, il est riant comme elle. »

Et, calmant les frayeurs de l'épouse nouvelle,

Il la pressait plus fort sur son cœur noble et pur.

Elle pleurait toujours, abattue, oppressée :

« J'ai retrouvé, dit-elle, un fatal souvenir ;

» Il a changé ma joie en douleur insensée.

» Un devin autrefois me montra l'avenir;

» J'étais vive, légère, et n'aimais pas encore;

» Mais ici je revois (mon front s'en décolore!)

» Je revois les objets, les lieux qu'il me fit voir

» Quand il me présenta le magique miroir :

» Regarde, me dit-il, voici ta destinée. »

De fleurs elle s'était vue ainsi couronnée,

Un ciel aussi brillant sur sa tête avait lui;

Sur un rocher assise, hélas! comme aujourd'hui,

Elle avait son époux; de ses deux bras serrée,

D'espérance et d'amour elle était enivrée....

Soudain elle avait vu la mer rouler, grossir,

Le rocher s'ébranler, et le ciel s'obscurcir,

Son époux entouré d'anges et de lumières,

Lentement retirer ses bras déjà glacés,

Voiler ses yeux éteints, et les traits effacés;

Puis des femmes en deuil récitant des prières,

Chantant en chœur devant un cercueil entr'ouvert,

Une croix s'élever sur le rocher désert;

Elle, en habit de deuil, et la Vierge auprès d'elle,

Et puis, après la nuit, une nuit éternelle !....

Comme elle finissait, le vent, en mugissant,

Elevait l'eau blanchie en montagnes flexibles,

Qui tombaient avec bruit, revenaient plus terribles

Augmenter l'épouvante en son cœur gémissant.

Mais son heureux époux la guérit de ses craintes

Par de nouveaux baisers, d'amoureuses étreintes....

Dans leur émotion, tous deux ne virent pas

Les sillons embrasés, précédant le fracas

De l'orage grondant au-dessus de leurs têtes :

Ils oublièrent tout, la mer et les tempêtes,

Et la prédiction d'un horrible trépas.

Lorsque après, revenus d'un doux et long délire,

Ils virent le ciel pur; un céleste sourire

Vint embellir leurs traits; et, de ses pleurs passés,

En se moquant tout bas, la jeune et belle femme

Arrangea ses cheveux, par la vent déplacés,

Et l'écharpe dont l'or embellissait la trame.

Ah! que je hais le Bal!

XXI.

Je suis là dans mon lit sans clore la paupière ;
Auprès de moi ma lampe en vacillant m'éclaire :
J'ai compté chaque coup que l'horloge a sonné ;
Au dernier, sur ma main mon front s'est incliné.

Je suis restée ainsi toute à ma rêverie,

Et je te voyais mieux; ton image chérie,

Malgré mes yeux fermés, jouait autour de moi;

Calme, seule, et la nuit, je me sens plus à toi.

Je te suivais, hélas ! dans la fête brillante

Pour laquelle tu viens de quitter ton amante :

Je t'y voyais entrer rêveur, triste, étonné,

Plein du dernier baiser que je t'avais donné;

Mais bientôt un regard attirait un sourire,

Et puis tu t'approchais, puis je t'écoutais dire

Tous ces riens si charmans, quand ta bouche les dit

Avec un tact si fin, tant de grâce et d'esprit !

Par un mot tu semblais retenir ta pensée

Trop prête d'échapper de ton âme blessée,

Et ce léger soupir je l'ai bien entendu,

Et j'ai compris celui que l'on t'a répondu....

Ah ! que je hais le bal ! Il faut que je te suive

Près de la jeune Iselle aux yeux noirs d'une juive,

A ce regard voilé, doux et voluptueux ;

A ces sourcils luisans, et dont l'arc amoureux

Donne un nouvel attrait au visage qu'il pare.

Tu la cherches déjà..... La foule vous sépare ;

Par des saluts rians, par des mots gracieux,

Adroitement tu sais chasser les curieux!

On te gronde tout bas, on menace, on murmure ;

Tu te plains tendrement : d'avance elle était sûre

De s'entendre prier pour pardonner après.

Tu ne la vois donc pas, fière de son succès,

Balancer mollement sa tête qu'elle incline ?

Et sais-tu bien pourquoi? c'est pour que l'on devine

L'embarras plein de charme où la met ton discours.

Ne crois pas m'échapper, va, je te suis toujours.....

Tu viens de ramasser son bouquet qu'elle effeuille ;

C'était pour cela seul qu'elle ôtait chaque feuille :

Son gant vient de tomber.... tu feins de le garder

Pour avoir le plaisir de t'entendre gronder.

Tu le rends, mais ta main vient de toucher la sienne;

Elle a rougi, je crois.... et sa vue incertaine

N'ose pas se fixer sur tes traits plus émus;

La valse est commencée, on ne t'écoute plus;

Tu boudes, on sourit : la valseuse imprudente

T'effleure à chaque tour de sa robe flottante.

Ah! que je hais le bal! Malgré le poids affreux

Que je sens sur mon cœur, je te suis en ces jeux

Que tu dis simplement de la galanterie;

Je te vois tout-à-coup changer de batterie :

Maintenant ce n'est plus un air tendre et craintif,

C'est un ton plus badin, un tour d'esprit plus vif.

Enivré par les ris, la foule et la musique,

Ta folie est charmante, elle se communique;

On te veut, on t'attend; tu sais tout animer;

Chaque femme à l'envi tâche de te charmer ;

Tu t'échappes alors quand partout on t'accable

De ces mots répétés : Vraiment, il est aimable !

De ces soins empressés qui me font tant de mal,

Que te reste-t-il ? rien. Ah ! que je hais le bal ! ! !

A ces mots, tout-à-coup rappelant ma pensée,

J'ai vu que je rêvais, qu'une erreur insensée

Me déchirait le cœur pendant un court sommeil.

J'ai frotté mes deux yeux pour hâter mon réveil ;

Pour chasser loin de moi ce pénible mensonge,

Et pour te retrouver plus fidèle qu'en songe ;

Je me suis retournée et je t'ai dit bonsoir,

Et sur ma lampe après j'ai posé l'éteignoir.

La Rose.

XXII.

UNE rose fraîche et vermeille
Par son éclat attirait les amans.
Un papillon des plus charmans,
Venait lui conter à l'oreille,
Propos d'amour et doux sermens.

La rose était un peu coquette,

Elle écoutait le séducteur;

Mais, hélas! bientôt la pauvrette

Sans le vouloir donna son cœur.

« Ton sein paraît si doux, permets que je m'y pose;

» Laisse-moi, lui dit-il, y prendre un seul baiser. »

Ce discours fait rougir la rose :

Le papillon, pour l'apaiser,

Jure qu'elle est jolie, et sur-tout qu'il l'adore.

On gronde, on pleure, on s'attendrit,

On dit un faible non, un oui plus faible encore,

Le papillon et caresse et flétrit

Tous les trésors de la fille de Flore.

« Cruel, tu ternis ma fraîcheur, »

Lui répétait la fleur tremblante,

« Crois ton ami, pâle ou brillante,

» Toi seule auras toujours mon cœur. »

La rose croyait le trompeur,

Elle partageait son ivresse;

Dans un trouble délicieux

L'amant lui redisait sans cesse

Que depuis sa défaite il l'aimait cent fois mieux.

Une heure après, la fleur demi-fanée

Appelle encor le bien-aimé.

Il ne m'a pas abandonnée,

Pensa-t-elle, et pourtant son cœur est alarmé.

Le soir, le zéphir du bocage

Accourait pour lui rendre hommage;

Il la cherche.... Soins superflus!

La rose du matin si fraîche et si jolie,

Penchait sa tige et n'était plus....

Le papillon l'avait trahie!

Regrets.

XXIII.

Je suis seule, et la nuit adoucit ma souffrance;
Un beau jour me fatigue et je n'ose pleurer :
    Là, du moins je pleure en silence,
Et c'est l'unique bien que je puisse espérer.

Quoi! si jeune et déjà la vie est trop amère!

Quoi! je n'ai que vingt ans et déplore mon sort!

Je crains mon avenir.... je crains aussi la mort.

Il peut encor m'aimer!... Une espérance chère

Se glisse malgré tout jusqu'au fond de mon cœur.

A mon âge on ne peut renoncer au bonheur.

Tout semble reposer : que cette nuit est pure!

Le malheur qui me tue en doit être calmé.

Le soleil au matin, comme un époux aimé,

Redonnera la vie à toute la nature.

Mais, hélas! à moi seule un beau jour ne fait rien,

    Et ma peine est toujours la même :

Ma joie était l'amour du seul être que j'aime;

Son amour m'a laissée, et j'ai gardé le mien!

L'ingrat peut donc ainsi changer mon existence?

Me consumer d'un feu qu'il ne partage plus?

D'où lui vient la puissance
De régner jour et nuit sur mes sens éperdus ?
C'est un tourment affreux qu'aimer sans espérance !
Pour m'arracher à lui mes soins sont superflus ;
J'ai puisé ce délire en ses yeux ; sur sa bouche,
Dans le bruit des soupirs qu'il n'adressait qu'à moi :
A peine maintenant si ma douleur le touche ;

    Il me voit mourir sans effroi !

S'il me plaignait ! mais non.... Il semble qu'il ignore
Que je puisse souffrir, et pourtant c'en est fait,
Je succombe à mon mal, à ce mal qui dévore....
Pour celle qu'il aima, qui l'aime tant encore

    N'aura-t-il donc pas un regret ?

Saura-t-il remarquer mon absence éternelle ?
Si ma mère vivait, mon Dieu, souffrirait-elle !

Ma mère, pauvre mère, ah! par pitié pour toi,
Je dois bénir la mort qui t'éloigna de moi.

Qui me rendra les jours de mon adolescence,
Où, commençant la vie et pleine d'innocence,
Je voyais l'avenir d'un regard trop heureux?
Sans pitié, l'avenir a trompé tous mes vœux.
Je créais un ami si tendre!
Je connaissais ses yeux, son souris, son parler;
Parfois, j'écoutais pour entendre
Sa voix qui semblait m'appeler.

Si j'étais morte à son dernier adieu!....
Mais depuis, chaque jour est nouvelle souffrance.
Ciel étoilé, majestueux silence,
Oh! faites-moi penser à Dieu!

Fable.

XXIV.

Une rose au sein demi-clos

Souriait aux tendres propos

D'un papillon du voisinage,

Aimable et sur-tout fort volage.

« Ah ! disait l'insecte trompeur,

» Que ta tige est souple et légère !

» Des fleurs de ce brillant parterre

» Ton éclat ternit la fraîcheur ;

» Je te trouve enfin la plus belle.

» Je veux ici finir mes jours. »

« — Tu seras donc toujours fidèle, »

Répond la fleur. — « Eh ! oui, toujours. »

Sous sa feuille, la violette

Etait inconnue et seulette,

Souriant, sans méchanceté,

De la sotte crédulité

De la rose vaine et coquette,

Quand elle vit le papillon

Faire à notre rose faux bon,

Et voler sur la pâquerette.

« Quoi ! dit la rose avec douleur,

» Déjà le cruel me rejette ;

» Et pour qui ? pour une fleurette

» Sans grâces, même sans odeur.

» Il vantait ma beauté parfaite,

» Et mes charmes et mon esprit !... »

« Va, dit la simple violette,

» S'il l'eut pensé, ma chère, il ne te l'eut pas dit :

» *D'amant vrai la flamme est discrète.* »

Prends garde à toi, jeune fillette ;

De la leçon fais ton profit.

Le Malheureux.

XXV.

Je n'ai pas regret de mourir ;

Je meurs jeune, il est vrai ; mais qu'importe mon âge !

Pour moi la vie était un douloureux passage,

Et je n'ai rien connu qui me l'eut fait chérir.

Enfant faible, souffrant, sans parens sur la terre,

Frappé de déshonneur même avant d'être né,

    Je n'ai jamais connu ma mère;

A des soins étrangers je fus abandonné :

Personne qui m'aimât, et pourtant tout mon être

Demandait de l'amour; mais le pauvre exilé

    N'a jamais pu connaître

    Le charme d'être consolé.

Et quand tout respirait la joie et l'espérance,

Que seul je me voyais privé de ce bienfait,

Il m'échappait alors, à force de souffrance,

Un vain cri de douleur : « Mon Dieu, que t'ai-je fait ?

» Pourquoi m'avoir donné des jours que je déteste?

» En naissant, du bonheur je fus déshérité;

» Je suis pauvre, chétif, sans amis, sans beauté;

« Suis-je seul oublié de ta bonté céleste ? »
Et des larmes tombaient sur mon sein agité.

Quand devant la maison du père de famille
Je m'arrêtais pensif, les deux yeux obscurcis,
Suivant les jeux divers des beaux enfans assis
Autour de leurs parens, et que la jeune fille
Tendrement de sa main caressait les cheveux
De son frère chéri, le plus jeune d'entr'eux,
Je murmurais encor..... par une plainte amère,
Je demandais au ciel une sœur, une mère ;
Dans mon isolement, ma tête avec effort
Frappait le sol durci, je désirais la mort.

Un seul être en ce monde
Eut (qu'il en soit béni !) pour moi quelqu'amitié.

9

A l'aveugle du coin je portais la moitié
Du pain qu'on me donnait; sa misère profonde,
Son âge, son malheur, excitaient ma pitié.
La vieille m'appelait, et, de sa voix cassée,
Me nommait son enfant, son ange, son soutien :
J'étais utile et cher.... L'aveugle délaissée
Bientôt vint à mourir.... Il ne me resta rien !

Seul je la conduisis à sa froide demeure ;
Je pleurai sur sa fosse, et restai là couché;
Puis bien long-temps après j'entendis sonner l'heure ;
Mais déjà de sa main la mort m'avait touché.

Sans forces, engourdi, retombant sur la terre,
Pas un cœur inquiet ne vint me secourir !

Un passant, *par pitié*, m'aida dans ma misère;

Il arriva trop tard.... Je suis sûr de mourir.

La fièvre fait bouillir tout mon sang dans mes veines :

Je peux, puisque ce jour est le dernier pour moi,

Sans blasphémer le ciel, me rappeler mes peines

Qui soutiennent alors mon espoir et ma foi;

Car celui dont la vie est un long sacrifice,

A cet instant suprême où son malheur finit,

Doit mourir confiant en la sainte justice

Du Dieu qui récompense et du Dieu qui punit.

FIN.

BORDEAUX. IMPRIMERIE DE LAWALLE JEUNE.

ALLÉES DE TOURNY, Nᵒ. 20.

www.ingramcontent.com/pod-product-compliance
Lightning Source LLC
Chambersburg PA
CBHW071230260626
47162CB00004B/1509